GRANDIR
Chemin de la Passerelle
84100 Orange
Tél. : 90.34.37.38

isbn 2 904292 41 6

80 FF

FLOCON, LE CHIEN

Shomei YOH

Flocon, le chien, court
de long en large
à travers le parc
tout enneigé.
Que la neige est ennuyeuse !
Personne d'autre que Flocon !

"Salut!"
Quelqu'un l'appelle !
Flocon cherche...

Tiens, un mystérieux
bonhomme de neige.
Tout petit,
avec une écharpe
et un bonnet
rouges.

"Salut, Flocon !
Je suis un lutin des neiges.
On m'appelle Duvet."

Flocon, éberlué, le regarde :
"Mais d'où viens-tu ?
— Je n'ai pas le temps de t'expliquer.
Jouons.
— A quoi ? Il n'y a que nous deux !
— Faisons des glissades répond Duvet.
— D'accord. Mais il faut une luge".

Duvet encourage Flocon
qui tire.
"Oh ! Hisse ! Oh ! Hisse !"

Du haut de la colline
ils s'élancent.

Ils glissent si vite
que les oreilles de Flocon,
comme l'écharpe,
flottent au vent.

Vite !
Trop vite !

"On est tout là-haut dans les nuages
ou en bas dans la neige ? demande Flocon,
tout étourdi par la chute.
— Nous sommes dans la neige répond Duvet.
Si nous jouions à autre chose ?"

C'est alors une partie de cache-cache,
puis une bataille de boules de neige.

Vient le moment où chacun doit rentrer
chez soi.
"Au revoir et grand merci, dit le lutin des neiges,
qui virevolte dans le ciel. Ne sois pas triste,
je reviendrai !"

La fin de la journée approche.
Flocon regarde la neige
qui tombe serrée
depuis ce matin.
A regarder toute cette neige, si blanche,
il croit voir un point rouge.
Il tressaille de joie.
Duvet est déjà de retour, pense-t-il :
Mais non ! Il regarde trop la neige !

Mais il est sûr de revoir
bientôt
Duvet, le lutin des neiges :
Avec d'autres lutins peut-être !

Quelle bonne journée.

Imprimé et façonné au Japon
Shiko-Sha Co ltd a publié la version originale
Boku No Yukinko